Heiner Müller, Gedichte

HEINER MÜLLER

GEDICHTE

1949–89

ALEXANDER VERLAG BERLIN

Siebte Auflage 2019

Alexander Wewerka · Fredericiastr. 8 · 14050 Berlin
info@alexander-verlag.com · www.alexander-verlag.com

Diese Ausgabe folgt der von Heiner Müller zusammengestellten
und redigierten Ausgabe seiner Gedichte von 1992.

Satz: Wolfgang Scheffler, Mainz
Abbildungsnachweis: Foto Heiner Müller von Cornelius Groenewold

Druck und Bindung: Interpress, Budapest
Printed in the Hungary (April) 2019
ISBN 978-3-89581-026-8

1949 …

1959 …

Auf Wiesen grün
Viel Blumen blühn
Die blauen den Kleinen
Die gelben den Schweinen
Der Liebsten die roten
Die weißen den Toten

1949 …

UND ZWISCHEN ABC UND EINMALEINS
Wir pißten pfeifend an die Schulhauswand
Die Lehrer hinter vorgehaltner Hand
HABT IHR KEIN SCHAMGEFÜHL Wir hatten keins.

Als Abend wurd wir stiegen auf den Baum
Von dem sie früh den Toten schnitten. Leer
Stand nun sein Baum. Wir sagten: DAS WAR DER.
WO SIND DIE ANDERN? ZWISCHEN AST UND ERD
IST RAUM.

BERICHT VOM ANFANG

1
Vom Pfennig lebend haben sie gekämpft
wie um ihr Leben um den Pfennig. So
hat sies gelehrt die Welt, in der für sie nur
Platz war ganz unten.
                    Als die Spitze abbrach
viel noch erschlagend ringsum, Trümmer streuend auf die
nicht Mitgefallnen, kam was unten war
nach oben stolpernd übern Trümmerberg langsam.

2
Zwar war der Pfennig nun gemeinsam, aber
was für ein karger Pfennig! Zwar das Brot
gehörte allen, aber sättigte keinen.

3
Das hieß: Kampf für den Pfennig anstatt um ihn.
Ein Heutewenig für ein Morgenviel.

4
Zwar war das Ziel erreicht. Doch zugeschüttet
vom Trümmerberg. Und Stein bleibt Stein, schwer zu
    bewegen.

5
Da waren die Geduldigen ungeduldig.
Da waren nach durchwachter Nacht früh müde
die Unermüdlichen …
Die lange kämpften sahn den Sieg nicht
vor Schweiß der brannte wie die Träne vorher.
Die Überlebenden aus großen Kriegen
um den Platz am Tisch, Frieden und Schuhwerk
den Sieg in Händen, aber noch nicht in der Tasche
fanden, was da zu tun war, schwierig.

6
Zwar sprach da eine Stimme von vorn her
zu ihnen: ihr Geduldigen, habt Geduld!
Ihr Unermüdlichen, seid unermüdlich!
Kämpft weiter, ihr Siegreichen …
Zwar sie gingen
den Weg, bezeichnet von der Stimme, denn
da war kein besserer, aber sie wußten
Nicht, daß da ihre eigne Stimme sprach.

7
Doch waren ihre Hände klüger als
ihr Kopf war, und sie taten was zu tun blieb.
Den Baustein schmähend bauten sie die Häuser
den Schritt verfluchend gingen sie den Weg

sehend die Wolke, nicht den Himmel drüber
und nicht die Straße, nur der Straße Staub.

8
Noch als das Haus schon stand, gebaut für sie
von ihnen, wußten sie nicht, was da
gebaut war. In die Türe tretend noch
blickten sie hinter sich, fragend: warum
verjagt uns keiner? Es gehört wohl keinem?

9
Die in der Kunst des Nehmens nicht
Geübten nahmen da das ihre in
Besitz nur zögernd. Die solang Bestohlnen
verdächtigten sich da des Diebstahls selber.

10
Immer vor ihnen aber war die Stimme
die sprach zu ihnen: Es genügt nicht! Bleibt
nicht stehn! Wer stehn bleibt fällt! Geht weiter! So
im Immerweitergehn folgend der Stimme
wurde das Schwierige einfach
wurde das Unerreichbare erreicht.
Und überm Immerweitergehn erkannten
sie: die da sprach war ihre eigne Stimme.

BILDER

Bilder bedeuten alles im Anfang. Sind haltbar. Geräumig.
Aber die Träume gerinnen, werden Gestalt und
Enttäuschung.
Schon den Himmel hält kein Bild mehr. Die Wolke,
vom Flugzeug
Aus: ein Dampf der die Sicht nimmt. Der Kranich nur noch
ein Vogel.
Der Kommunismus sogar, das Endbild, das immer erfrischte
Weil mit Blut gewaschen wieder und wieder, der Alltag
Zahlt ihn aus mit kleiner Münze, unglänzend, von Schweiß
blind
Trümmer die großen Gedichte, wie Leiber, lange geliebt und
Nicht mehr gebraucht jetzt, am Weg der vielbrauchenden
endlichen Gattung
Zwischen den Zeilen Gejammer

auf Knochen der Steinträger glücklich

Denn das Schöne bedeutet das mögliche Ende der
Schrecken.

PHILOKTET 1950

Philoktet, in Händen das Schießzeug des Herakles, krank mit
Aussatz ausgesetzt auf Lemnos, das ohne ihn leer war
Von den Fürsten mit wenig Mundvorrat, zeigte da keinen
Stolz, sondern schrie, bis das Schiff schwand, von seinem
Schrei nicht gehalten.
Und gewöhnte sich ein, Beherrscher des Eilands, sein Knecht
auch
An es gekettet mit Ketten umgebender Meerflut, von Grünzeug
Lebend und Getier, jagbarem, auskömmlich zehn Jahr lang.
Aber im zehnten vergeblichen Kriegsjahr entsannen die Fürsten
Des Verlassenen sich. Wie den Bogen er führte, den weithin
Tödlichen. Schiffe schickten sie, heimzuholen den Helden
Daß er mit Ruhm sie bedecke. Doch zeigte sich der da von
seiner Stolzesten Seite. Gewaltsam mußten sie schleppen an
Bord ihn
Seinem Stolz zu genügen. So holte er nach das Versäumte.

GESCHICHTEN VON HOMER

I

Häufig redeten und ausgiebig mit dem Homer die
Schüler, deutend sein Werk, ihn fragend um richtige Deutung.
Denn es liebte der Alte immer sich neu zu entdecken
Und gepriesen geizte nicht mit Wein und Gebratnem.
Kam die Rede, beim Gastmahl, Fleisch und Wein, auf Thersites
Den Geschmähten, den Schwätzer, der aufstand in der
    Versammlung
Nutzte klug der Großen Streit um das größere Beutstück
Sprach: Sehet an den Völkerhirten, der seine Schafe
Schert und hinmacht wie immer ein Hirt, und zeigte die
    blutigen
Leeren Händ der Söldner als leer und blutig den Söldnern.
Da nun fragten die Schüler: Wie ist das mit diesem Thersites
Meister? Du gibst ihm die richtigen Worte, dann gibst du mit
    eignen
Worten ihm unrecht. Schwierig scheint das uns zu begreifen.
Warum tatst dus? Sagte Homer: Zu Gefallen den Fürsten.
Fragten die Schüler: Wozu das? Der Alte: Aus Hunger. Nach
    Lorbeer?
Auch. Doch schätz er den gleich hoch wie auf dem Scheitel im
    Fleischtopf.

2

Unter den Schülern, heißt es, sei aber einer gewesen
Klug, ein großer Frager. Jede Antwort befragt er
Noch, zu finden die nicht mehr fragliche. Dieser nun fragte
Sitzend am Fluß mit dem Alten, noch einmal die Frage der andern.
Prüfend ansah den Jungen der Alte und sagte, ihn ansehnd
Heiter: Ein Pfeil ist die Wahrheit, giftig dem eiligen Schützen!
Schon den Bogen spannen ist viel. Der Pfeil bleibt ein Pfeil ja
Birgt wer im Schilf ihn. Die Wahrheit, gekleidet in Lüge, bleibt Wahrheit.
Und der Bogen stirbt nicht mit dem Schützen. Sprachs und erhob sich.

GESPRÄCH MIT HORAZ

Silbenzähler beiläufig dein Vers unterm Schritt der Kohorten

Die Kohorten wo sind sie Mein Vers geht ins zweite Jahr-
tausend

HORAZ

1

Der Arrivierte mit dem Haß auf sein Startloch.
Unter Brutus ist er Demokrat
Tod dem Tyrannen und mir auch ein Landgut
Pazifist bei Philippi, er skandiert den Boden.
Dann lernt er seine Lektion (er auch), wechselt
Die Laufbahn. *Schwamm drüber Augustus*. Das Landgut
Schenkt Mäcen ihm für einen Platz in den Oden
Acht Spiegel im Schlafzimmer und kein Wort mehr von Brutus.
Er macht seinen Weg in die Chrestomathien
Aere perennius Liebling der Philologen.

2

Rom die Hure mit den sieben Brüsten.
Lob der Mäßigkeit, Mutter der Weltreiche
Aufgefressen von den wachsenden Kindern
Mit vollkommenen Versen, sonst wozu, braucht
Luxus. *Satt singt Horaz*. Den Lorbeer
Würzt das Fleisch. Kappadozisches Wildbret!
(Und die Baumblüte in den Albanerbergen!)
Dreiundzwanzig Dolchstöße, der zweite tödlich
In ein fallsüchtiges Fleisch, was sind sie
Gegen den Furz des Priap in der achten Satire.

ÜBER CHAMISSOS GEDICHT »DIE ALTE WASCHFRAU«

Der Dichter staunt, wie die noch rüstig ist
Mit sechsundsiebzig. – Mensch, der Frau pressiert es!
Wenn die nicht Hemden wäscht, wer weiß, passiert es
Daß man sie zu bezahlen glatt vergißt.

Er sieht, sie schwitzt. Er lobt sie drum. Es treibt
Ihr Schweiß ja seine Mühle, und indessen
Sie Schwarzbrot kaut, kann er Pasteten fressen.
Sie lobend sorgt er, daß sie unten bleibt.

Er rät statt Wurst ein Sterbhemd früh zu kaufen
Den Waschfraun. Waschfraun werden, wie bekannt
Im Himmel prompt zu Cherubim ernannt.

Er sieht sie gern Gott nach ins Bethaus laufen.
Er ist der letzte, der den Trost ihr nimmt.
Wann wird sie zweifeln, daß die Botschaft stimmt?

ANNA FLINT

Ich, Anna Flint, Frau eines kleinen Mannes
Auch viermal Mutter, habe, als die Zeit kam
Ihn in den Fluß geschickt, kalt ausgestrichen
Für unsere fünf Leben so sein eines.

Wer saubere Händ hat, hat auch leere, das
War seine Rechnung, besser schlecht
Als schlechtbezahlt! So, bis das Schießen aus war.

Da war die Rechnung falsch: leer zwei Hände
Zwei Hände blutig, und galt kein Abwaschen.

Als da der Mann den Weg zum Fluß nicht fand
War ich die, die dem Mann den zeigte, auch noch
Den Mantel ihm abnahm: wer kalt ist friert nicht ...
Ich, Anna Flint, Frau eines kleinen Mannes
Jetzt Witwe, viermal Mutter, einmal Mörderin.

MISSOURI 1951

Es wurde von den Staaten
Dem Staudamm Geld verwehrt.
Weil sie nichts gegen ihn taten
Hat sich der Fluß beschwert.

Er ist aufgestanden
Ihm schien der Damm zu alt.
Die Stadtbewohner fanden
Das Wasser kalt.

Die abgehauenen Wälder wachsen
Unter der Erde fort.
Dresden ein Brandfleck in Sachsen
Die Toten haben das letzte Wort.

HUNDERT SCHRITT
(nach Defoe)

Im Jahrhundert der Pest
Wohnte ein Mann in Bow, nördlich London
Bootsführer, mittellos, ohne Ansehen, aber
Treu den Seinen. Umsichtig auch
In der Treue.
Aus den Städten unten
Wo die Pest war
Schleppte er das Essen aufwärts
Zu den Wohlhabenden Ängstlichen
Auf ihren Schiffen
In der Mitte des Stroms.
So nährte ihn die Seuche.
Aber in der Hütte
Bei der Frau mit dem Vierjährigen
War die Pest auch.
Und jeden Abend schleppte er einen Sack Lebensmittel
Frucht eines Tages, vom Fluß herauf an einen Stein,
    hundert Schritt von der Hütte.
Dann, sich entfernend, rief er die Frau. Beobachtend
Wie sie den Sack aufhob, jede ihrer Bewegungen
    aufmerksam verfolgend
Stand er noch eine Zeit
In der sicheren Entfernung
Und erwiderte ihren Gruß.

FRAGE UND ANTWORT

1 (japanisch)

Kamerad siehst du die Wolke überm Festland
Kommt Wind Kommt Schnee
Kamerad wo werden unsere Leiber liegen

Wo wir fallen Kamerad werden unsere Leiber liegen

2 (chinesisch)

Den Becher Reiswein vor dir und
Das Paradies Alter was willst du mehr
Ich wollt mein Becher füllte sich von selber
Ich hätte gern daß Freunde mich besuchten
Statt des Beamten der die Steuer eintreibt
Auch sähe ich gern meine Kinder wohlhabend
Dann wollte ich noch hundert Jahre leben
Und verzichten auf das Paradies

UMSCHAU VON FREMDEN HÜGELN

(nach Pu Sung Ling)

Besser hier sterben, fremd, als
Leben, wo immer die Steuer uns
Unten hält.
Der da nämlich den
Reis baut, ißt ihn nicht.
Wenn das Essen gekocht ist
Ist es nicht mehr dein.

Wann, Großer Himmel, gibst du uns ein gutes Jahr, eine
Bessere Obrigkeit?

Kein Regen ein Jahr über! Zwei Fuß tief
War der Acker wie Staub wasserlos. Dann
Fiel über die Saat, als die reif war, Ungeziefer.
Den Rest nahm die Steuer weg.

Umschauend
Von den unheimischen Hügeln
Gegen den Himmel stehen wir
Hoffende. Aber
Von dem kommt uns wohl nichts.

Auf dem Weg in das Land mit
Reis das er nicht erreichen wird
Verkauft der Hungrige den Sohn
Um Wegzehrung

(nach Pu Sung Ling)

Der Kaiser braucht Soldaten, Vater.
Verstopf deine Ohren, Sohn
Damit du die Trommel nicht hören kannst
Und deck dich mit Mist bis über die Augen zu
Damit du nicht geblendet wirst vom Glanz der Waffen.

(Nach Pu Sung Ling)

Ich war ein Held, mein Ruhm gewaltig
In meinen Bannern rauschten die vier Winde
Wenn meine Trommeln lärmten schwieg das Volk
Ich habe mein Leben vertan

(nach Po Chü I)

HEROISCHE LANDSCHAFT VARIATION AUF EIN THEMA VON MAO TSE TUNG

Der siebenfarbige Hügel
Gepflügt mit Kugeln mit Leichen bedeckt
Ist schön wie vor der Schlacht

In den Kriegen die kommen werden
Erbleichen wird der siebenfarbige Hügel

ZWEI BRIEFE

I

Ich seh dich an der Schreibmaschine schwitzend
Mißbrauchbare Verse herstellen
Über den Erstickungstod im Netzwerk
Notwendiger Gesetze. Die Maurer, schreibst du
Wurden als Mörtel gebraucht schon
Beim Bau der Großen Mauer, und immer noch
Werden Große Mauern gebaut. Nichts Neues
Unter der Sonne, schreibst du. Du schreibst nichts Neues.
Du hast gelernt, Antworten zu befragen.
Der Beifall, der dich taub macht, ist er keine?
Die schnellen Wirkungen sind nicht die neuen.
Eine Begegnung am Abend nach unserm Gespräch:
Zwei Republikaner auf dem Weg in die Betten
Diskutieren über Demokratie
GutdasistdieFormaberwoistderInhalt
Sie zählen die Jahre nach Gehaltsaufbesserungen
Die Monate nach dem Erscheinen des *Magazin*
Jeder ein Weiser nach Keuners Entwurf
Kein Gedanke, der nicht durch den Magen geht
Und keine Angst vor Pfützen wie bei Büchner
Kleine Köpfe, aber sie haben recht
Wenn sie, deine Verse lesend, sagen:

Was sagt uns dieser Jemand eigentlich?
Hat er die Rolle der Bodenreform nicht begriffen?

2

Was richtet ein Reim aus gegen die Strohköpfe
Fragst du. Nichts, sagen einige, andere: Wenig.
Shakespeare hat *Hamlet* geschrieben, ein Trauerspiel
Geschichte eines Mannes, der sein Wissen wegwarf
Sich beugend unter einen dummen Brauch.
Er hat die Dummheit nicht ausgerottet.
Wollte er nichts weiter schreiben als einen Steckbrief?
Hamlet der Däne Prinz und Wurmfraß stolpernd
von Loch zu Loch aufs letzte Loch zu lustlos
Im Rücken das Gespenst das ihn gemacht hat
Grün wie Ophelias Fleisch im Wochenbett
Der Horizont die Rüstung dauert länger
Und knapp vorm dritten Hahnenschrei zerreißt
Ein Narr das Schellenkleid des Philosophen
Schlüpft ein beleibter Bluthund in den Panzer.
Oder der mißverstandene Bertolt Brecht
Mit großer Zähigkeit und etwas Hoffnung
Mehr als den Bogen spannen konnte auch er nicht
Wieviele Strohköpfe überlebten ihn.
Sein Leben lang suchte er eine Möglichkeit
Den Nächsten nicht zu töten. Gegen Ende
Hatte er sie von weitem gesehn

Halb verdeckt von einem blutigen Nebel.
Becher hat Schweiß vergossen beim Sonettbau
Für den Zusammenfluß von Wolga und Neckar.
Werden die Jurabauern das *Sonettwerk*
Gelesen haben, wenn der Kommunismus
Ihnen den Boden von der Schulter nimmt?
Für uns die Spanne zwischen Nichts und Wenig.

MAJAKOWSKI

Majakowski, warum
Der bleierne Schlußpunkt?
Herzweh, Wladimir?
»Hat sich
Eine Dame
Ihm verschlossen
Oder
Einem andern
Aufgetan?«
Nehmt
Mein Bajonett
Aus den Zähnen
Genossen!
Blut, geronnen
zu Medaillenblech
Die Mauern stehn
Sprachlos und kalt
Im Winde
Klirren die Fahnen.

ODER BÜCHNER, der in Zürich starb
100 Jahre vor deiner Geburt
Alt 23, aus Mangel an Hoffnung.

BRECHT

Wirklich, er lebte in finsteren Zeiten.
Die Zeiten sind heller geworden.
Die Zeiten sind finstrer geworden.
Wenn die Helle sagt, ich bin die Finsternis
Hat sie die Wahrheit gesagt.
Wenn die Finsternis sagt, ich bin
Die Helle, lügt sie nicht.

LEKTION

In dem Buch des Verräters lese ich
Über die Treue der Kommunisten
In Karaganda.

OPER

Onassis, Erfinder der Totenschiffe
Die Callas, schönste Stimme des Jahrhunderts
Teilte sein Bett

L. E. ODER DAS LOCH IM STRUMPF

Luise Ermisch, Mitglied des Zentralkomitees der SED, organisierte 1949 die erste »Brigade für ausgezeichnete Qualität« in der volkseigenen Textilindustrie der DDR.

Im Sommer im Jahr achtundvierzig fand
In einer Stadt in Mitteldeutschland
Ein Streit statt. Um drei Löcher in einem Strumpf
Stritten ein Mann, eine Frau. Und was die Frau sagte,
war Trumpf.
Platz: eine Strumpffabrik, vor wenig Wochen
Von Arbeitern Arbeitern zugesprochen
Die Tünche auf der Wand war frisch
In der Kantine. Um den kahlen Tisch
Sie saßen vor ihren Schüsseln, Männer und Fraun
Da war viel auszulöffeln, wenig zu kaun.
Sagte der Mann: Gegen Wasser mit Lauch
Streikte man früher. Fragte die Frau: Gegen Hitler auch?
Sagte der Mann: Es ist nicht nur das Essen.
Die Textilien nicht zu vergessen.
Und er zog den Schuh aus, dann den Strumpf
Schwang den, drei Löcher, als seinen Trumpf
Gestern gekauft, ein Fetzen heute
Da möchte ich wissen, warum ich arbeite.
Man hörts, man kratzt schweigend die Schüsseln leer
Die Frau, was kann sie sagen. Sie sagt: Zeig her.

Drei Löcher. – Ja, dem stopfst du nicht das Maul
Mit Maulaufreißen. Da ist etwas faul
In der Wirtschaft. – Ja, sagt die Frau, erraten.
Nur, Kollege, es hängt nicht am Faden.
Wirkfehler. – Und hält ihm den Strumpf
Unter die Nase, den dreilöchrigen Trumpf.
Ihr habts gehört. Wie stehts mit euren Strümpfen?
Ihr bessert nichts mit einem Naserümpfen.

DER VATER

1

Ein toter Vater wäre vielleicht
Ein besserer Vater gewesen. Am besten
Ist ein totgeborener Vater.
Immer neu wächst Gras über die Grenze.
Das Gras muß ausgerissen werden
Wieder und wieder das über die Grenze wächst.

2

Ich wünschte mein Vater wäre ein Hai gewesen
Der vierzig Walfänger zerrissen hätte
(Und ich hätte schwimmen gelernt in ihrem Blut)
Meine Mutter ein Blauwal mein Name Lautréamont
Gestorben in Paris
1871 unbekannt

ALTES GEDICHT

Nachts beim Schwimmen über den See der Augenblick
Der dich in Frage stellt Es gibt keinen andern mehr
Endlich die Wahrheit Daß du nur ein Zitat bist
Aus einem Buch Das du nicht geschrieben hast
Dagegen kannst du lange anschreiben auf dein
Ausbleichendes Farbband Der Text schlägt durch

SELBSTBILDNIS ZWEI UHR NACHTS AM 20. AUGUST 1959

An der Schreibmaschine sitzen. Blättern
In einem Kriminalroman. Am Ende
Wissen, was du jetzt schon weißt:
Der glattgesichtige Sekretär mit dem starken Bartwuchs
Ist der Mörder des Senators
Und die Liebe des jungen Sergeanten der Mordkommission
Zur Tochter des Admirals wird erwidert.
Aber du wirst keine Seite auslassen.
Manchmal beim Umblättern ein schneller Blick
Auf das leere Blatt in der Schreibmaschine.
Das wird uns also erspart bleiben. Wenigstens etwas.
In der Zeitung stand: irgendwo ist ein Dorf
Dem Erdboden gleich gemacht worden durch Bomben.
Das ist bedauerlich, aber was geht es dich an.
Der Sergeant ist gerade dabei den zweiten Mord zu verhindern
Obwohl die Admiralstochter ihm (zum erstenmal!)
Die Lippen hinhält, Dienst ist Dienst.
Du weißt nicht, wie viele tot sind, die Zeitung ist weg.
Nebenan träumt deine Frau von ihrer ersten Liebe.
Gestern hat sie versucht sich aufzuhängen. Morgen
Wird sie sich die Pulsadern aufschneiden oder wasweißich.
Wenigstens hat sie ein Ziel vor den Augen.
Das sie erreichen wird, so oder so
Und das Herz ist ein geräumiger Friedhof.

Die Geschichte der Fatima im *Neuen Deutschland*
War so schlecht geschrieben, daß du darüber gelacht hast.
Die Folter ist leichter zu lernen als die Beschreibung der Folter.
Der Mörder ist in die Falle gegangen
Der Sergeant schließt den Preis in die Arme.
Jetzt kannst du schlafen. Morgen ist wieder ein Tag.

ULYSS

Mit wenig Rudrern auf den salzgewohnten
Baum pflanzt ich meine Hoffnung müd des Festen
Das Meer neu pflügend mit vergehnder Furche
Mit seiner Weite meine Dauer maß ich.
Immer wieder spät früh der rötliche
Himmel mit den zwei drei letzten ersten
Wolken überm Gaswerk Kraftwerk Atommeiler
Seit Odysseus starb fünf Monatsreisen
Westlich von Gibraltar im Atlantik
Weit entfernt von Kranz und Flor, durch Brandung.
In der Hölle der Neugierigen brennt er
Dante hat ihn gesehn, mit andern Flammen.

MOTIV BEI A.S.

Debuisson auf Jamaika
Zwischen schwarzen Brüsten
In Paris Robespierre
Mit zerbrochenem Kinn.
Oder Jeanne d'Arc als der Engel ausblieb
Immer bleiben die Engel aus am Ende
FLEISCHBERG DANTON KANN DER STRASSE KEIN
FLEISCH GEBEN
SEHT SEHT DOCH DAS FLEISCH AUF DER STRASSE
JAGD AUF DAS ROTWILD IN DEN GELBEN SCHUHN.
Christus. Der Teufel zeigt ihm die Reiche der Welt
WIRF DAS KREUZ AB UND ALLES IST DEIN.
In der Zeit des Verrats
Sind die Landschaften schön.

DAN DEE

Eine Stadt war, hieß DAN DEE
Drinnen wohnten verschiedene Leute
Beteten und machten Beute
Bis ein Sänger kam der schrie:
Laßt mit des Gesanges Mächten
Einen ewigen Bund uns flechten
In Dan Dee
Und durch des Gesanges Macht
Wurden Brüder alle Bürger
Die Gewürgten und die Würger.
Leider nur für eine Nacht.
Denn mit des Gesanges Mächten
War kein ewiger Bund zu flechten
In Dan Dee
Als die Sonne in Dan Dee
Wieder Licht und Schatten reinlich
Schied, war die Nacht noch peinlich.
Jenen Sänger adelten/hängten sie.

ORPHEUS GEPFLÜGT

Orpheus der Sänger war ein Mann der nicht warten konnte. Nachdem er seine Frau verloren hatte, durch zu frühen Beischlaf nach dem Kindbett oder durch verbotnen Blick beim Aufstieg aus der Unterwelt nach ihrer Befreiung aus dem Tod durch seinen Gesang, so daß sie in den Staub zurückfiel bevor sie neu im Fleisch war, erfand er die Knabenliebe, die das Kindbett spart und dem Tod näher ist als die Liebe zu Weibern. Die Verschmähten jagten ihn: mit Waffen ihrer Leiber Ästen Steinen. Aber das Lied schont den Sänger: was er besungen hatte, konnte seine Haut nicht ritzen. Bauern, durch den Jagdlärm aufgeschreckt, rannten von ihren Pflügen weg, für die kein Platz gewesen war in seinem Lied. So war sein Platz unter den Pflügen.

DAS GLÜCK DER PRODUKTIVITÄT: SOLDATENBRAUT

(nach Urs Graf)

Armloses Mädchen mit Stelzbein
Vor einer Seelandschaft, schwanger.
Billig: sie kann dir kein Geld aus der Hose ziehn.
Bequem: sie kann dich nicht festhalten
ARMLOS IST HARMLOS. Nachlaufen
Kann sie dir auch nicht: wenn du gehst
Gehst du.
Vielleicht winkst du ihr noch einmal.
Schließlich hat sie noch Augen im Kopf (zwei).
Viertausend armlose Mädchen umarmen dich
Viertausend schwangere Mädchen mit Stelzbein
Marschieren auf deiner Spur.

ER WAR DER ERSTE BESTE: wenn die andern
Das Land nach freigebigen Bauern abgrasten
Brach er mit altem Werkzeug und neuen Methoden
In der Tasche trockenes Brot, die Kohle.
Sie schlugen auf ihn ein, frierend. Sie standen
An langsam anlaufenden Schwungrädern
Beschimpften ihn und folgten seinem Beispiel.

NAPOLEON ZUM BEISPIEL weinte, als
Bei Wagram seine Garde ihren Fluchtweg
Über die eigenen Blessierten nahm
Und die Blessierten schrien VIVE L'EMPEREUR.
Das Denkmal war gerührt: sein Mörtel schrie.
An einem Sonntag nach der Arbeit fuhr
Er, LENIN, auf die Hasenjagd, gelenkt
Von seinem Fahrer, sonstige Begleitung
Keine. Das war sein Urlaub. In den Wald
Ging er allein. Nämlich der Fahrer mußte
Beim Auto bleiben, das war unersetzlich.
Lenin traf einen Bauern, der den Wald
Nach Pilzen abging. Seine Jagd fiel aus.
Der Alte schimpfte auf die Sowjetmacht
Im Dorf, Oben und Unten immer noch
Viel Reden, wenig Mehl. Die Pilze auch knapp.
Lachte, als Lenin die Beschwerden aufschrieb
Das Dorf, Namen und Fehler der Genossen.
Er hatte sich auch schon beschwert. Nicht zweimal.
Wer sind wir. Wenn du Lenin wärst zum Beispiel
Und Lenin wär ein Mann wie du der zuhört
Man könnte glauben daß es anders wird
Aber du bist nicht Lenin und so bleibt es.

DER GLÜCKLOSE ENGEL. Hinter ihm schwemmt Vergangenheit an, schüttet Geröll auf Flügel und Schultern, mit Lärm wie von begrabnen Trommeln, während vor ihm sich die Zukunft staut, seine Augen eindrückt, die Augäpfel sprengt wie ein Stern, das Wort umdreht zum tönenden Knebel, ihn würgt mit seinem Atem. Eine Zeit lang sieht man noch sein Flügelschlagen, hört in das Rauschen die Steinschläge vor über hinter ihm niedergehn, lauter je heftiger die vergebliche Bewegung, vereinzelt, wenn sie langsamer wird. Dann schließt sich über ihm der Augenblick: auf dem schnell verschütteten Stehplatz kommt der glücklose Engel zur Ruhe, wartend auf Geschichte in der Versteinerung von Flug Blick Atem. Bis das erneute Rauschen mächtiger Flügelschläge sich in Wellen durch den Stein fortpflanzt und seinen Flug anzeigt.

1959 …

ÖDIPUSKOMMENTAR

Lajos war König in Theben. Ihm sagte der Gott aus dem Mund der
Priester, sein Sohn werde gehen über ihn. Lajos, unwillig
Zu bezahlen den Preis der Geburt, die kostet das Leben
Riß von den Brüsten der Mutter das Neue, durchbohrte die Zehen ihm
Sorgsam, daß es nicht über ihn geh, und vernähte die dreifach
Gab es, daß der auf dem Tisch der Gebirge den Vögeln es ausleg
Einem Diener, *dieses mein Fleisch wird mich nicht überwachsen*
Und verbreitete so den Fuß, der ihn austrat, durch Vorsicht:
Dem geflügelten Hunger das Kind nicht gönnte der Diener
Gab in andere Hände zu retten in anderes Land es
Dort das hoch Geborene wuchs auf geschwollenen Füßen
Keiner hat meinen Gang, sein Makel sein Name, auf seinen
Füßen und andern seinen Gang ging das Schicksal, aufhaltsam
Jeder Schritt, unaufhaltsam der nächste, ein Schritt ging den andern.
Seht das Gedicht von Ödipus, Lajos Sohn aus Jokaste
Unbekannt mit sich selber, in Theben Tyrann durch Verdienst: er
Löste, weil Flucht vom verkrüppelten Fuß ihm versagt war, das Rätsel
Aufgestellt von der dreimal geborenen Sphinx über Theben

Gab dem Stein zu essen das Menschen essende Dreitier
Und der Mensch war die Lösung. Jahrlang in glücklicher Stadt
drauf
Pflügte das Bett, in dem er gepflanzt war, der Glückbringer
glücklich.
Länger als Glück ist Zeit, und länger als Unglück: im zehnten
Jahr aus Ungekanntem die Pest fiel über die Stadt her
Solang glücklich. Leiber zerbrach sie und andere Ordnung.
Und im Ring der Beherrschten, das neue Rätsel geschultert
Auf zu großem Fuß stand, umschrien vom Sterben der Stadt, der
Rätsellöser, warf seine Fragen ins Dunkel wie Netze:
Lügt der Bote, sein Ohr, zu den Priestern geschickt, Mund der
Götter?
Sagt der Blinde die Wahrheit, der mit zehn Fingern auf ihn
weist?
Aus dem Dunkel die Netze schnellen zurück, in den Maschen
Auf der eigenen Spur vom eigenen Schritt überholt: er.
Und sein Grund ist sein Gipfel: er hat die Zeit überrundet
In den Zirkel genommen, *ich und kein Ende*, sich selber.
In den Augenhöhlen begräbt er die Welt. Stand ein Baum hier?
Lebt Fleisch außer ihm? Keines, es gibt keine Bäume, mit
Stimmen
Redet sein Ohr auf ihn ein, der Boden ist sein Gedanke
Schlamm oder Stein, den sein Fuß denkt, aus den Händen ihm
manchmal

Wächst eine Wand, *die Welt eine Warze*, oder es pflanzt sein
Finger ihn fort im Verkehr mit der Luft, bis er auslöscht das
Abbild
Mit der Hand. So lebt er, sein Grab, und kaut seine Toten.
Seht sein Beispiel, der aus blutigen Startlöchern aufbricht
In der Freiheit des Menschen zwischen den Zähnen des
Menschen
Auf zu wenigen Füßen, mit Händen zu wenig den Raum greift.

BABELSBERGER ELEGIE 1960

Weit ist der Weg zur Kasse, bei Regen besonders.
Trocken fahren in ihren fabrikneuen Autos
An mir vorbei die Schreiber der schlechten Filme.

FILM

45 Jahre nach der Großen
Revolution sehe ich auf der Leinwand
In einem neuen Film aus dem Land der Sowjets die
Verwandlung
Eines langsamen Kellners in einen Schnelläufer
Durch die falsche Nachricht, der hundertunderste
Wartende Gast sei Staatspreisträger.
Die wenig verschieden gekleideten Zuschauer
In dem Eckkino in der gespaltenen Hauptstadt
Meines gespaltenen Vaterlandes belachen
Den alltäglichen Vorgang, nicht alltäglich
Auf der Leinwand. Warum lachen die Leute.
O nicht genug zu preisende Langsamkeit
Der nicht mehr Getriebenen! Schöne Unfreundlichkeit
Der zum Lächeln nicht mehr Zwingbaren!

AN DIE BERGSTEIGER. Ein Bewohner der Niederungen bittet um eure erhabene Aufmerksamkeit. Vielleicht, wenn ihr die Hand über die Augen legt, seht ihr ihn noch. Oder seid ihr schon so hoch gestiegen, daß ihr unser kleines Dörfchen nicht mehr ausmachen könnt, die armseligen Behausungen mit den frisch bestrichenen Fensterläden, geduckt unter der neuen, an Festtagen randvollen Kirche, nur die Wolken noch, die eure Kolonne den Blicken der Neugierigen entziehen, uns Neugierige eurem Blick, oder den Morgennebel? Ihr Göttlichen, wandelnd trocknen Fußes über dem Regen mit genagelten Schuhn, lest eine Messe für uns auf dem Gipfel! Warum habt ihr eigentlich die Regenschirme mitgenommen? Schickt wenigstens den Lift wieder herunter, wenn ihr ihn nicht mehr braucht, ihr Hohen.

SCHALL CORIOLAN

Wenn ich ein Landgut hätte wie Vergil und andre
Oder einen Mäzen wie Horaz der mich aushält
Oder die Gabe aus Scheiße Gold zu machen
Würde ich ein langes Gedicht schreiben Schall
Über den größten Schauspieler den ich gesehen habe
Aber ich muß mein Stück schreiben
Damit ich meine Schulden bezahlen kann und ich muß
Meine Schulden bezahlen damit ich mein Stück schreiben kann
Ein krummer Hund der sich in den Schwanz beißt
Ich habe keine Zeit auf die Proben zu kommen
Angewiesen auf das allen Erreichbare also
Mittelmäßige Fotografien in THEATER DER ZEIT
So zwischen schlecht fotografierten Hamlets
Jeder zehnmal mehr Hamlet als Hamlet
Sie hantieren mit ihren Schwertern wie mit Eßstäbchen
Kannibalen die kein Blut sehn können
Aber sie bestehn auf ihrem Schein
Sehe ich Sie, Schall, den Coriolan spielen
Schlachtend vor Antium und die Schlacht ist eine Schlacht
Roms erster Schlächter seine Arbeit verrichtend
Mit dem Eifer des Knaben der Fliegen killt
Das Schreckliche schön das heißt als unnötig gezeigt
Denn die Wirklichkeit muß sichtbar gemacht werden
Damit sie verändert werden kann
Aber die Wirklichkeit muß verändert werden

Damit sie sichtbar gemacht werden kann
UND DAS SCHÖNE BEDEUTET
DAS MÖGLICHE ENDE DER SCHRECKEN

NEUJAHRSBRIEF 1963

Ein Jahr ist zu Ende gegangen mit Lärm
Von Glocken und Feuerwerkskörpern Die Zeitung
Die gebracht werden wird in einer Stunde
In deiner Stadt dir mir in meiner Stadt
Von einer alten Frau mit älteren Füßen
Drei Söhne verloren aber noch keine Zeitung
DAS REICH NEUES DEUTSCHLAND RHEINISCHER
 MERKUR
Wird ein besseres Jahr anzeigen wie üblich
Und das Schwarze in deiner Zeitung du weißt es
Ist das Weiße in meiner Zeitung wir wissen es
Immer neu wächst Gras über die Grenze
Und das Gras muß ausgerissen werden
Immer neu das über die Grenze wächst
Und der Stacheldraht muß gepflanzt werden
Immer neu mit dem genagelten Stiefel
ICH BIN DER STIEFEL DER DEN STACHELDRAHT
 PFLANZT
Vor meinem Fenster auf einem Parkbaum
Allein wie ein Betrunkener gegen Morgen
Lärmt flügelschlagend eine ältere Krähe
Die Straßenreiniger ALL OUR YESTERDAYS
Haben ihre Arbeit aufgenommen

Manche Dinge kommen wieder und manche nicht
Das Herz ist ein geräumiger Friedhof
IM PARK DIE PAPPELN SCHWIRRN
WER HAUST IN MEINER STIRN

KINDHEIT

Der die Katze hielt unter den Messern der Spielkameraden,
war ich.
Ich warf den siebenten Stein nach dem Schwalbennest, und der
siebente war der, der traf.
Wenn der Mond stand weiß gegen das Fenster der Kammer,
im Schlaf
War ich ein Jäger, von Wölfen gejagt, mit Wölfen allein.
Einschlafend hörte ich in den Ställen die Pferde schrein.

E. L.
Du kamst wie eine Prinzessin übers Meer
Nach Dänemark verschlagen auf der Flucht aus Danzig
Im U-Bootgejagten von Bombern besuchten Transportschiff.
Es war wie eine Tempelschändung, als du
Eine Brille aufgesetzt hast neben mir im Kino

Bäume wildwachsend Wurzeln im Uferschlamm
Schilf grün

DER LORD
LÄSST SICH ENTSCHULDIGEN er nimmt den Frühzug
Bei Schiller weiß man wenigstens wann Schluß ist

AUF BALD beide wissend auf nie

EXCUSE ME MADAM

DU BIST GEGANGEN DIE UHREN
Schlagen mein Herz Wann kommst du

GESTERN HABE ICH ANGEFANGEN
Dich zu töten mein Herz
Jetzt liebe ich
Deinen Leichnam
Wenn ich tot bin
Wird mein Staub nach dir schrein

STELLASONETT

Fünf Akte lang, geehrtes Publikum
Haben Sie zugeschaut, wir hoffen, gern
Wie sich zwei Damen drehn um einen Herrn
Bis endlich eins aus drei wird, grad aus krumm
Durch Liebe. Wen das Resultat geniert
Wird auch bedient: Weil schön ist, was sein muß
Schrieb Herr von Goethe einen andern Schluß
Den, wie gewohnt, das Einmaleins regiert.
Was Liebe kann: drei Herzen glühn in eins
Kann Gift und Blei vermittels Subtraktion
Mit Schrecken triumphiert der gute Ton
Denn Zahl sticht Herz, das Reich des schönen Scheins
Hat keinen Grund in einem Bürgerhaus
Beruhigt auf zwei Tote schneit Applaus.

MEDEASPIEL

Ein Bett wird vom Schnürboden heruntergelassen und hochkant aufgestellt. Zwei weibliche Figuren mit Totenmasken bringen ein Mädchen auf die Bühne und stellen es mit dem Rücken zum Bett auf. Einkleidung der Braut. Mit dem Gürtel des Brautkleids wird sie an das Bett gebunden. Zwei männliche Figuren mit Totenmasken bringen den Bräutigam und placieren ihn mit dem Gesicht zur Braut. Er steht Kopf, geht auf den Händen, schlägt Rad vor ihr usw.; sie lacht lautlos. Er zerreißt das Brautkleid und nimmt seinen Platz an der Braut ein. Projektion: Geschlechtsakt. Mit den Fetzen des Brautkleids fesseln die männlichen Totenmasken die Hände und die weiblichen Totenmasken die Füße der Braut an das Bett. Der Rest dient als Knebel. Während der Mann vor den (weiblichen) Zuschauern kopfsteht, auf den Händen geht, Rad schlägt usw., schwillt der Bauch der Frau an, bis er platzt. Projektion: Geburtsakt. Die weiblichen Totenmasken holen der Frau ein Kind aus dem Bauch, lösen ihre Handfesseln, legen ihr das Kind auf die Arme. Gleichzeitig haben die männlichen Totenmasken den Mann so mit Waffen behängt, daß er sich nur noch auf allen Vieren fortbewegen kann. Projektion: Tötungsakt. Die Frau nimmt ihr Gesicht ab, zerreißt das Kind und wirft die Teile in die Richtung des Mannes. Aus dem Schnürboden fallen Trümmer Gliedmaßen Eingeweide auf den Mann.

FAHRT NACH PLOVDIV. Straße der Kreuzfahrer.
Mariza. Hier wurde Orpheus zerrissen
Von den thrakischen Weibern mit dem Pflug.
Flußab trieb sein singender Schädel. Der Fluß
Hat kein Wasser mehr. Auch Flüsse sterben.
Über thrakischem Grabhügel drei Gräber
Mit dem roten Stern. Der Kommunismus:
Befreier der Lebendigen und der Toten.
Plovdiv. Trimontium. Philippopolis.
Auf drei Hügeln drei Jahrtausende.
Geschichte: hungriger Leichnam. Gestern
Das mit der Liebe des Vampirs nach Morgen greift.
(Wer war Orpheus. In seinem Lied kein
Platz für einen Pflug.) Alexander der Große
Sohn Philipps, den in Plovdiv keine Straße nennt
Konnte den gordischen Knoten nicht lösen.
Zerhaun kann ihn jeder, der nichts gelernt hat.
Glücklich das Volk, das seine Toten begräbt
Kalt gegen die Umarmung aus den Gräbern.
Ruhm den Helden. Dem Staub keine Träne.

1969 …

ELEKTRATEXT

Tantalos, König in Phrygien, raubt die Speise der Götter, schlachtet Pelops, seinen Sohn, setzt ihn den Göttern vor. Die Götter erkennen die Mahlzeit, nur Demeter ißt von einer Schulter. So bestrafen sie den Raub: Tantalos hängt an einem Obstbaum, der unter einem schwebenden Felsen in der dreifach ummauerten Mitte des Hades aus einem Teich wächst, in ewigem Hunger zwischen den Früchten, Durst über dem Wasser, Angst unter dem Stein. Die Götter verfluchen sein Geschlecht. Niobe, Tochter des Tantalos, hat zwölf Kinder. Sie prahlt vor den Göttern mit ihrer Fruchtbarkeit. Apollon und Artemis töten die zwölf Kinder mit zwölf Pfeilen. Zeus verwandelt die schreiende Mutter in ihr eigenes Standbild. Im Frühsommer weint der Stein. Thyestes, Sohn des Pelops, bricht die Ehe seines Bruder Atreus. Atreus erschlägt die Söhne seines Bruders und bewirtet ihn mit ihrem Blut und Fleisch. Thyestes tut seiner eigenen Tochter Gewalt an. Ihr Sohn Aigisthos tötet Atreus. Agamemnon, Sohn des Atreus, nimmt Klytaimnestra zur Frau, sein Bruder Menelaos ihre Schwester Helena. Helena wird von Paris verführt, folgt ihm nach Troja, der Trojanische Krieg beginnt. Zum ersten Kriegsopfer bestimmt ein Seherspruch Iphigenie, Tochter Agamemnons und der Klytaimnestra. Klytaimnestra widersetzt sich, Agamemnon gehorcht, Iphigenie legt ihren Hals unter das Beil. Klytaimnestra teilt mit Aigisthos, dem Sohn des Thyestes und Mörder des Atreus, Macht und Bett. Klytaimnestra und Ägisthos töten Agamemnon, nach seiner Heimkehr aus zehn Jahren Krieg, im Bad mit Netz Schwert Beil. Elektra, zweite Tochter Agamemnons, rettet Orestes, ihren Bruder, vor dem Schwert des Aigisthos und schickt ihn nach Phokis. Zwanzig Jahre lang, Magd unter Mägden im Palast der Mutter, wartet sie auf seine Heimkehr. Zwanzig Jahre lang träumt Klytaimnestra den gleichen Traum: eine Schlange saugt Milch und Blut aus ihren Brüsten. Im zwanzigsten Jahr kehrt Orestes heim nach Mykene, erschlägt Aigisthos mit dem Opferbeil, nach ihm seine Mutter, die mit entblößten Brüsten vor ihm steht und um ihr Leben schreit.

PROJEKTION 1975

Wo ist der Morgen, den wir gestern sahn

Der frühe Vogel singt die ganze Nacht
Im roten Mantel geht der Morgen durch
Den Tau der scheint von seinem Gang wie Blut

Ich lese, was ich vor drei, fünf, zwanzig Jahren geschrieben habe, wie den Text eines toten Autors, aus einer Zeit, als ein Tod noch in den Vers paßte. Die Mörder haben aufgehört, ihre Opfer zu skandieren. Ich erinnere mich an meinen ersten Versuch, ein Stück zu schreiben. Der Text ist in den Nachkriegswirren verlorengegangen. Es begann damit, daß der (jugendliche) Held vor dem Spiegel stand und herauszufinden versuchte, welche Straßen die Würmer durch sein Fleisch gehen würden. Am Ende stand er im Keller und schnitt seinen Vater auf. Im Jahrhundert des Orest und der Elektra, das heraufkommt, wird Ödipus eine Komödie sein.

GESTERN AN EINEM SONNIGEN NACHMITTAG

Als ich durch die tote Stadt Berlin fuhr
Heimgekehrt aus irgend einem Ausland
Hatte ich zum erstenmal das Bedürfnis
Meine Frau auszugraben aus ihrem Friedhof
Zwei Schaufeln voll habe ich selbst auf sie geworfen
Und nachzusehen was von ihr noch daliegt
Knochen die ich nie gesehen habe
Ihren Schädel in der Hand zu halten
Und mir vorzustellen was ihr Gesicht war
Hinter den Masken die sie getragen hat
Durch die tote Stadt Berlin und andere Städte
Als er bekleidet war mit ihrem Fleisch.

Ich habe dem Bedürfnis nicht nachgegeben
Aus Angst vor der Polizei und dem Klatsch meiner Freunde.

ALLEIN MIT DIESEN LEIBERN

Staaten Utopien
Gras wächst
Auf den Gleisen
Die Wörter verfaulen
Auf dem Papier
Die Augen der Frauen
Werden kälter
Abschied von morgen
STATUS QUO

BEIM WIEDERLESEN VON ALEXANDER FADEJEWS DIE NEUNZEHN
In einer Nacht mit Wodka DER HIMMEL VOLL MADEN
Schreibt er sein Bild fest mit dem Revolver im Blitzlicht
Des letzten Parteitags als die Denkmäler bluten

Der Reisende Shakespeare
    Shakespeare the tourist
Von Stratford nach Stratford
    From Stratford to Stratford
Via London
    Via London
Im Herzschlag die Gier der Epoche
    In his heartbeat the greed of the epoch
Im Blut eine spätere
    In his blood a tiredness
Müdigkeit
    To come
Ein Griff nach der Sonne
    A grip for the sun
Ein Sprung in den Schatten
    A jump into shadow

1979 …

BRUCHSTÜCK FÜR LUIGI NONO

DAS GRAS NOCH
MÜSSEN WIR
AUSREISSEN DAMIT
ES GRÜN BLEIBT

In Auschwitz
Die Nagelspur
Mann über Frau
Über Kind

Die zerbrochnen Gesänge

Der Kirchenchor
Der Maschinengewehre

Gesang
Der zerschnittenen
Stimmbänder Marsyas
Gegen Apoll
Im Steinbruch der Völker

Das Fleisch der Instrumente

Welt ohne Hammer und Nagel

Unerhört

Ich bin der Engel der Verzweiflung. Mit meinen Händen teile ich den Rausch aus, die Betäubung, das Vergessen, Lust und Qual der Leiber. Meine Rede ist das Schweigen, mein Gesang der Schrei. Im Schatten meiner Flügel wohnt der Schrecken. Meine Hoffnung ist der letzte Atem. Meine Hoffnung ist die erste Schlacht. Ich bin das Messer mit dem der Tote seinen Sarg aufsprengt. Ich bin der sein wird. Mein Flug ist der Aufstand, mein Himmel der Abgrund von morgen.

NACHTZUG BERLINFRIEDRICHSTRASSE FRANKFURTMAIN

Nach der Fahrt durch die lichtlose Heimat der Haß auf die Lampen.

Daß die Leiche so bunt ist! ICH BIN DER TOD KOMM AUS ASIEN

Bei der Vorbeifahrt am Schloßpark Charlottenburg plötzlich
die Trauer
GRÜN IST DIE FARBE DES UNHEILS Die Bäume
gehören den Toten

MANCHMAL WENN ICH MEINE PRIVILEGIEN GENIESSE

Zum Beispiel im Flugzeug Whisky von Frankfurt nach
(West)Berlin
Überfällt mich was die Idioten vom SPIEGEL meine
Wütende Liebe zu meinem Land nennen
Wild wie die Umarmung einer totgeglaubten
Herzkönigin am jüngsten Tag

ZAHNFÄULE IN PARIS

Etwas frißt an mir

Ich rauche zu viel
Ich trinke zu viel

Ich sterbe zu langsam

FRAGMENTARISCHER BRIEF AN EINE VERLORENE LIEBE

Städte Landschaften mit Trauer besetzt:
Ich kann sie nicht mehr sehn mit deinen Augen
...
You were breasts thighs buttocks no name
Du wirst Knochen sein Staub kein Erinnern

DAYS WITH OLJA AND THINGS LIKE THAT

a girl with naked breasts
on a motorcycle
hiding their beauty
at the back of her young driver
I would have liked to see them
in full blossom long ago
that I looked at flowers
only the wind now
probes my aging skin

Eine Nacht in der Ägäis
Auf dem Boot zwischen den Inseln
Mit Vollmond vielleicht und einem letzten
Sprung in die schwarze See

and the violet streaks on the mountains
from the blood of the forlorn gods

BRIEF AN A. S.

…

Jetzt sind Sie tot Anna Seghers
Was immer das heißen mag
Ihr Platz wo Penelope schläft
Im Arm unabweislicher Freier
Aber die toten Mädchen hängen an der Leine auf Ithaka
Von Himmel geschwärzt in den Augen die Schnäbel
Während Odysseus die Brandung pflügt
Im Rücken Gelächter
Am Bug von Atlantis

KULTURPOLITIK NACH BORIS DJACENKO

Boris Djacenko sagte mir Nach dem Verbot
Meines Romans HERZ UND ASCHE Teil zwei
In dem zum erstenmal beschrieben wurden
Die Schrecken der Befreiung durch die ROTE ARMEE
Lud mein Zensor mich zu einem privaten Gespräch ein
Und der beamtete Leser zeigte mir stolz das verbotne
Typoskript in kostbares Leder gebunden SO
LIEBE ICH DEIN BUCH DAS ICH VERBIETEN MUSSTE
IM INTERESSE DU WEISST ES UNSRER GEMEIN-
SAMEN SACHE
In der Zukunft sagte Boris Djacenko
Werden die verbotnen Bücher gebunden werden
IM INTERESSE DU WEISST ES UNSRER GEMEIN-
SAMEN SACHE
In Leder gegerbt aus den Häuten der Schreiber
Halten wir unsre Häute intakt sagte Boris Djacenko
Damit unsre Bücher in haltbarem Einband
Überdauern die Zeit der beamteten Leser

WIEDERSEHN MIT DER BÖSEN COUSINE

Die mein Spielzeug zerbrach hinter dem Rücken
ZEIG HER und ich zeigte es ihr und sie nahm es
Und ich hörte es knacken zwischen den Wurstfingern
Sah ihr nicht zu vergessendes Lächeln Heute noch
Das Knacken im Ohr vor Augen das nicht zu vergessende
    Lächeln
Rede ich schlecht über das was ich liebe aus Vorsicht
Jetzt sitzt sie vor mir und weiß von nichts
Der Schrecken ist kalt geworden Fleisch und Fett
Alltag Kindergeschrei Der Müll der Gattung

1989 …

Leichter Regen auf leichtem Staub
Die Weiden im Gasthof
Werden grün werden und grün
Aber du Herr solltest Wein trinken vor deinem Abschied
Denn du wirst keine Freunde haben
Wenn du kommst an die Tore von Go

(für Erich Honecker nach Ezra Pound und Rihaku [japanisch für Li Po])

FERNSEHEN

Margarita says my father
Was Howard Hughes a member
Of the next
generation
last
Which doesnt move its ass
From the tv-chair because
Outside lives man the beast
On the screen at least
It is flat and doesnt watch you

1 GEOGRAFIE

Gegenüber der HALLE DES VOLKES
Das Denkmal der toten Indianer
Auf dem PLATZ DES HIMMLISCHEN FRIEDENS
Die Panzerspur

2 DAILY NEWS NACH BRECHT 1989

Die ausgerissenen Fingernägel des Janos Kadar
Der die Panzer gegen sein Volk rief als es anfing
Seine Genossen Folterer an den Füßen aufzuhängen
Sein Sterben als der verratene Imre Nagy
Ausgegraben wurde oder der Rest von ihm

BONES AND SHOES das Fernsehn war dabei
Verscharrt mit dem Gesicht zur Erde 1956
WIR DIE DEN BODEN BEREITEN WOLLTEN
FÜR FREUNDLICHKEIT
Wieviel Erde werden wir fressen müssen
Mit dem Blutgeschmack unserer Opfer
Auf dem Weg in die bessere Zukunft
Oder in keine wenn wir sie ausspein

3 SELBSTKRITIK

Meine Herausgeber wühlen in alten Texten
Manchmal wenn ich sie lese überläuft es mich kalt Das
Habe ich geschrieben IM BESITZ DER WAHRHEIT
Sechzig Jahre vor meinem mutmaßlichen Tod
Auf dem Bildschirm sehe ich meine Landsleute
Mit Händen und Füßen abstimmen gegen die Wahrheit
Die vor vierzig Jahren mein Besitz war
Welches Grab schützt mich vor meiner Jugend

4 FÜR GUNTER RAMBOW 1990

Im Fernsehn die Verhaftung Erich Honeckers nach der Krebsoperation am Tor der Charité. Ein alter Mann, gezeichnet von sechzehn Jahren Macht, die seinen Verstand überfordert und seinen Charakter, ausgehöhlt von zehn Jahren Haft im Zuchthaus Brandenburg, zermürbt hat, trauriger Beleg für Jüngers These von der wachsenden Disproportion zwischen dem Format der Akteure und ihrem Aktionsradius in der neueren Geschichte, von seinen Kreaturen jetzt dem Volkszorn als Sündenbock präsentiert. (Inzwischen hat ihn die Kirche aufgenommen, eine alte Macht, die nur noch nach den Seelen greift, nicht mehr nach den Körpern.) Ich sehe die Bilder und denke an Rambows Theaterplakate in Frankfurt, Hauptstadt der Banken und der Prostitution und, eine kurze Zeit lang, des politischen Theaters in der Bundesrepublik. ANTIGONE: Hölderlins republikanischer Stuhl, brennend auf dem Scheiterhaufen der Restauration. GUNDLING: die zerrissne Figur des zweigeschlechtigen stürzenden Ikarus LessingKleistFriedrichderGroße, links oben flatternd das NEUE DEUTSCHLAND, eine Zeitung ohne Leser, verlorenes Bramsegel der sozialistischen Todgeburt. HAMLETMASCHINE: der Hamletdarsteller ohne Gesicht, im Rücken eine Mauer, sein Gesicht eine Gefängniswand. Bilder, die keine Aufführung einholen konnte. Wegmarken durch den Sumpf, der sich schon damals zu schließen begann über dem vorläufigen Grab der Utopie, die vielleicht wieder aufscheinen wird, wenn das Phantom der Marktwirtschaft, die das Gespenst des Kommunismus ablöst, den neuen Kunden seine kalte Schulter zeigt, den Befreiten das eiserne Gesicht seiner Freiheit.

HERZ DER FINSTERNIS NACH JOSEPH CONRAD

Für Gregor Gysi

Schaurige Welt kapitalistische Welt

(Gottfried Benn in einem Radiogespräch mit Johannes R. Becher 1930)

In der Valuta-Bar des Hotels METROPOL
Berlin Hauptstadt der DDR bemüht sich
Eine polnische Hure Gastarbeiterin
Um einen Greis mit Schnupfen
Zwischen den Kapiteln seines Vortrags
Über die Freiheit in den USA
Rotzt er ins Taschentuch und schreit nach dem Abfalleimer
Noch im Griff des Mitleids mit ihrem schweren Beruf
Höre ich zwei Geschäftsreisende
Bayern dem Geräusch nach
Asien verteilen: ALSO MALAYSIA TÄT MIR GFALLN
THAILAND AUCH KOREA GHÖRT DAZU
ALSO DAS KREUZSCHIENENSYSTEM FÜR DEN JEMEN
TÄT ICH NOCH PLANEN DANN
HAT SICH DIE SACHE
CHINA GHÖRT AUCH DAZU
CHINA IST ALS EINZIGES PROJEKT VERKAUFT WORDN
In der S-Bahn ZOOLOGISCHER GARTEN
FRIEDRICHSTRASSE

Habe ich zwei DDR-Bürger kennengelernt
Einer erzählt Mein Sohn drei Wochen alt
Wurde geboren mit einem Schild vor der Brust
ICH WAR AM NEUNTEN NOVEMBER IM WESTEN
Meine Tochter gleichaltrig Ich habe Zwillinge
Trägt die Aufschrift ICH AUCH
THE HORROR THE HORROR THE HORROR

SELBSTKRITIK 2 ZERBROCHNER SCHLÜSSEL

Der Aufstand brach am 23. Oktober 1956 aus, doch er begann schon am 6. Oktober mit der feierlichen Beisetzung von Rajk und seinen Genossen, wo 200.000 Menschen den Ermordeten die letzte Ehre erwiesen, aber vor allem für den Sturz eines mörderischen Regimes demonstrierten. Nur Vereinzelte erinnerten sich noch an den Stalinisten Rajk, wie das einer der Demonstranten tat, der vor sich hin flüsterte: Hätte er das erlebt, er würde in die Menge schießen lassen …
(Hodos: Schauprozesse S. 250)

Blaubarts verbotne Tür Verbotner Traum
Die toten Frauen im zertanzten Raum
Das Blut vom Schlüssel wäscht kein Regen ab
Den Tod auf deiner Netzhaut deckt kein Grab
Kein Engel sprengt mit Flügeln deinen Raum
Die toten Frauen essen deinen Traum
Der letzte Beischlaf ist das Standgericht
Im Jahr der Wolfsmilch siehst du dein Gesicht

GLÜCKLOSER ENGEL 2

Zwischen Stadt und Stadt
Nach der Mauer der Abgrund
Wind an den Schultern die fremde
Hand am einsamen Fleisch
Der Engel ich höre ihn noch
Aber er hat kein Gesicht mehr als
Deines das ich nicht kenne

HERAKLES 13

(nach Euripides)

1

Die dreizehnte Arbeit des Herakles war die Befreiung
Thebens von den Thebanern

2

Brandopfer lagen vor dem Herd des Zeus
Zu reinigen das Haus vom Blut des Lykos
Den er getötet hatte Herakles
Und seinen Leichnam aus dem Haus geworfen
Um den Altar standen die Kinder und
Sein Vater und Megara seine Frau
Hielten die Rede mit den Zähnen fest
Zum heiligen Opfer den unheiligen Laut
Und in der Hand das Brandscheit schweigend er
Dann plötzlich trat aus ihm ein andrer Mann
Gestalt des Herakles nicht Herakles
Sondern im Drehn der Augen ganz verändert
Mit Blut gefärbt die Wurzeln der Augäpfel
Schaum tropfend in den Bart und sprach Verrücktes
Mit einem Lachen das sein Lachen nicht war
Wozu das Opfer eh ich Vater nicht
Getötet habe den Eurystheus auch
Leicht könnt ich das ich und mit einer Hand

Das Haus geschmückt mit des Eurystheus Haupt
Will ich die Hände waschen von dem Tod
Den meine Feinde sterben werden jetzt
Gießt aus das Wasser werft die Körbe weg
Mein Weg ist nach Mykene Der Zyklopen
Sitze mit rotem Meßstab und mit Hämmern
Gefügt zerbrechen muß ich die mit dem
Gekrümmten Eisen Wer gibt meinen Bogen
Und meine Pfeile mir der Hand die Keule
Dann einen Wagen keinen Wagen er nur
Sah den bestieg er schlug die leere Luft
Wie mit dem Pferdestachel mit der Hand
Den Dienern war es ein Gelächter ein
Schrecken zugleich Sie sahn einander an
Und einer sagte Macht er Spaß für uns
Der Herr oder ist er rasend Der aber
Im Haus hinauf hinunter tappt er sagt
Er sei gekommen in des Nisos Stadt
Und legt sich auf den Boden wie zum Essen
Nicht essend In die Waldschlucht dann des Isthmos
Glaubt er zu gehn die Kleider abgeworfen
Nackt kämpft er gegen niemand einen Kampf
Ruft sich zum Sieger aus und für kein Ohr
Dann in Mykene war er mit dem Wort
Schreckliches drohend dem Eurystheus wieder
Die Hand zum Töten aufgehoben jetzt

Ergriff der Vater Sohn was leidest du
Daß du so fremd gehst Hat dich ganz verirrt
Das Töten Aber er im Wahn der Vater
Sei des Eurystheus Vater der mit Angst
Bittend berührt die Hand stößt weg den Greis
Greift in den reich geschmückten Köcher nach
Den Pfeilen für die Kinder für die eignen
Zu töten des Eurystheus Kinder glaubt er
Die Kinder rennen weg den Vater fürchtend
Das eine hier das andre dorthin Eines
In das Gewand der Mutter der glücklosen
Das andre in den Schatten einer Säule
Das dritte duckt sich unter den Altar
Wie Vögel Die Mutter schreit Erzeuger was tust du
Die Kinder willst du töten Der Vater schreit
Es schrein die Sklaven Aber um die Säule
In schrecklichem Kreislauf den Knaben treibt er
Und kehrt sich schrecklich um Der Pfeil zerreißt
Die Leber und rückwärts die steinernen
Fliesen benetzt der atmet aus das Leben
Ein Junges ist gestorben dem Eurystheus
Den Haß vom Vater büßend fällt es mir
Jetzt auf den zweiten am Altar geduckt
Im Sichern dort sich glaubend zielt der Pfeil
Dem Schuß zuvor wirft sich der Sohn dem Vater
Zu Füßen hin reckt der Unglückliche

Die Hand nach Kinn und Nacken Liebster Vater
Ruft er Töte mich nicht dein bin ich dein Sohn
Nicht von Eurystheus den wirst du vernichten
Doch er sein Blick verwildert ganz zum Blick
Der Gorgo weil der Knabe nun im Inkreis
Des schrecklichen Geschosses stand schwang hoch
Als ob er Eisen schmieden will die Keule
Ließ auf den blondbewachsnen Schädel sausen
Das Holz die Knochen splitternd Das zweite Kind
Erlegt geht er das dritte Opfer an
Es auch zu schlachten zu den zwein Das aber
Hatte die Mutter schon ihr letztes Glück
Ins Haus genommen und die Tür geschlossen
Er nun als ging es gegen die Zyklopen
Stößt auf die Flügel und zerbricht die Pfosten
Die Mutter und das Kind durchbohrt ein Pfeil
Was die Geburt entzweit hat ist ein Leichnam
Im Tod verbunden mit dem Todespfeil
Dann rennt er pferdeschnell den Greis zu töten
Eine Gestalt die Lanze schwingend aber
Erschien dem Haus zu sehn und nicht zu sehn
Pallas Athene warf gegen die Brust
Ihm einen Stein der seinen Mordgang aufhielt
In Schlaf schlug ihn und auf den Boden fällt er
Den Rücken schlagend an eine Säule die
Zweimal gebrochen beim Zusammensturz

Des Hauses auf den Fliesen lag Und wir
Befreiend aus der Flucht den Fuß mit Fesseln
Banden ihn haltbar an die Säulentrümmer
Damit wenn er beendet seinen Schlaf
Er nicht zu dem Getanen andres fügt
Die Frau getötet habend und die Kinder
Er schläft der Glückverlassne einen Schlaf
Nicht glücklich Und ich weiß nun nicht ob einer
Von Sterblichen mühseliger ist als der

(Interlinearversion Peter Witzmann)

Heiner Müller, Dichter, Dramatiker und Regisseur, wurde am 9. Januar 1929 in Eppendorf/Sachsen geboren und starb am 30. Dezember 1995 in Berlin.